Daniela Jarosz

Hilferuf aus dem Jenseits

Illustrationen
Timo Grubing

www.ggverlag.at

ISBN 978-3-7074-2469-0

In der aktuell gültigen Rechtschreibung

1. Auflage 2023

Illustrationen: Timo Grubing

Gedruckt in Europa

Inhalt

Die Mutprobe 9

Zimmer Nummer 13 19

Ein Hinweis 25

Gefangen 33

Der sechste Sinn 37

Das geheimnisvolle Zimmer 43

Was geschah mit Oskar von Lahnstein? 53

Hilferuf aus dem Jenseits 63

Am Bärenfelsen 71

Ruhe in Frieden 81

Epilog 88

Oskar

Ich bin Oskar und 12 Jahre alt. In meinem Lockenkopf fährt die Fantasie echt oft Achterbahn. Mein größter Wunsch? So richtig cool zu sein! Besondere Merkmale? Ein Muttermal auf der rechten Wange und eine Lücke zwischen den Schneidezähnen! Gilt das?

Clemens

Mein Name ist Chaos … ähm … Clemens und ich bin 13 Jahre alt. Ich habe massig rote Haare, genau 34 Sommersprossen und eine Zwillingsschwester. Böse Zungen behaupten, ich hätte eine große Klappe!

Luisa

Ich bin Luisa und zwei Minuten älter als Clemens. Meine Haare sind genauso rot und genauso kurz wie die von meinem Bruder. Damit sie mich beim Fußball spielen nicht nerven! Mein Motto? Langweilen kann ich mich, wenn ich alt und grau bin!

Der (unheimliche) Hausmeister

Mein Name? Den verrate ich nun wirklich nicht jedem! Die Pension „Zum alten Schloss" kenne ich wie meine Westentasche – mitsamt ihren dunklen Geheimnissen.

Die Mutprobe

Oskars Finger umklammern die Schnalle des schmiede-
eisernen Friedhofstors. Aus der Ferne erklingt der Ruf
einer Eule. Zumindest hofft Oskar, dass die gruseligen
Schreie von einer Eule stammen.

„Los, mach schon!", zischt Clemens so dicht hinter ihm,
dass er seinen warmen Atem im Nacken spürt. Oskars
Finger zittern, doch zum Glück können die Zwillinge
das nicht sehen. Auf dem verlassenen Friedhof, der
direkt neben der Pension „Zum alten Schloss" liegt, ist
es nämlich finster. So finster, dass man kaum die eigene
Hand vor Augen sieht, geschweige denn eine zitternde
auf der Türschnalle.

Zentimeter für Zentimeter schiebt Oskar das schwere
Friedhofstor auf. Schauerlich wie das quietscht. Wie
eine räudige Katze mit Halsweh.

„Der Grabsteinslalom", wispert Luisa, „kann beginnen!"
Grabsteinslalom! Welcher Teufel hat ihn da bloß gerit-
ten? Und das alles nur, weil er sich in den Kopf gesetzt
hat, unbedingt dazuzugehören. Zu den coolen Kindern!
Dass die Zwillinge, Clemens und Luisa, Profis im Coolsein

sind, ist kein Geheimnis. Das Schuljahr ist gerade einmal sechs Wochen alt und zusammen haben sie es schon auf zwölf Eintragungen ins Klassenbuch gebracht. Das, sagt Frau Schmatzberg, ihr Klassenvorstand, ist Rekord! Oskar jedenfalls bewundert die Zwillinge, auch wenn er das im Leben nicht zugeben würde. Um blöde Antworten sind die beiden nie verlegen. Angst kennen sie auch keine, sonst hätten sie wohl kaum einen Grabsteinslalom vorgeschlagen. Wenn man von jemanden wie Clemens und Luisa zu einer Mutprobe herausgefordert wird, dann sagt man nicht einfach „Nein". Selbst dann nicht, wenn das bedeutet, dass man um Mitternacht bibbernd am Friedhofstor steht, statt in der Pension

„Zum alten Schloss" friedlich vor sich hinzuschnarchen – so wie der Rest der 3b! An drei Fingern kann Oskar abzählen, wie das hier enden könnte:

1. Er überlebt den Grabsteinslalom und steigt in die Liga der coolen Kids auf.

2. Ein paar fiese Zombies kreuzen seinen Weg, dann ist es wohl aus und vorbei mit ihm.

3. Frau Schmatzberg und Herr Hempel finden heraus, dass in drei Betten nur Pölster unter den Decken stecken und machen Stress. Dagegen wäre die Sache mit den Zombies ein gemütlicher Kindergeburtstag!

„He, Oskar", mischt sich Luisa in seine Gedanken ein, „lebst du noch?"

„Wenn du nicht bald mal loslegst", gähnt ihr Bruder, „such ich mir einen schicken Sarg und hau mich aufs Ohr."

„Ich bin bereit, wenn ihr es seid …", murmelt Oskar. Den Satz hat er neulich in einem Actionfilm gehört. Dort hat er aber wesentlich abgeklärter geklungen, als er und seine blöde Zitterstimme das hinkriegen.

„Allzeit bereit!", tönt Clemens und Oskar kann sein breites Grinsen spüren.

Luisa wühlt in ihrem Rucksack.

„Da ist es ja", flüstert sie. „Runter mit dir!"

Oskar geht in die Knie. Jetzt gibt es kein Zurück mehr! Mit ihrem Halstuch verbindet Luisa ihm die Augen, das bei seinem wilden Lockenkopf echt nicht einfach ist. Zwar hat Oskar vorher schon kaum etwas gesehen, aber nun ist es wirklich stockfinster. Der Wind fegt pfeifend über den Friedhof, als er zaghaft einen Schritt vor den anderen setzt. Unter seinen Turnschuhen raschelt das Herbstlaub. Oskar hört es zwei Mal klicken, schon tanzen helle Flecken vor seinen verbundenen Augen.

Die Zwillinge haben es gut, denn sie haben Taschen-
lampen. Mit denen lotsen sie Oskar durch den Friedhof.
Immer um die Grabsteine herum – so verlangt es die
Mutprobe!

„Als wir heute Vormittag angekommen sind, hat der
Friedhof gar nicht arg schaurig ausgeschaut", spricht
sich Oskar in seinem Kopf zu. „Gut, ein bisschen ver-
wahrlost vielleicht, aber das ist nichts, wovor man sich
fürchten müsste!"

„Bist du irre?", mischt sich eine zweite Kopfstimme ein.

„Wir sind hier auf einem Friedhof! Einem F-R-I-E-D-H-O-F!
Und zufällig haben wir Mitternacht! Das ist KEINE gute
Kombination! Schon mal was von Untoten gehört? Die
trinken Blut!"

Oskar ignoriert die feige Kopfstimme und stolpert weiter.

„Vorsicht, da liegt Adelheid Lother!", flüstert Luisa. „Du
musst linksherum."

Ein greller Schmerz fährt Oskar ins Knie. Vor Schreck
taumelt er rückwärts und prallt gegen Clemens.

„Keine Panik, war bloß der Grabstein von dieser
Adelheid!", kichert Clemens.

Na toll! Hoffentlich kommt die gute Heidi nicht rauf,
um nachzuschauen, welcher Schlurf mitten in der Nacht
in ihrem Vorgarten randaliert! Oskar beißt die Zähne
zusammen und marschiert tapfer weiter. Zweige knacken unter seinen Füßen. Je länger er die Grabsteine
umrundet, desto einfacher wird es. Fast so, als würde er
ständig Grabsteinslalom laufen.

„Wie lange noch?", will er flüsternd wissen,
als plötzlich etwas nach seinem rechten
Fußknöchel greift und ihn fest umschlingt.
Etwas abscheulich Kaltes hat Oskar im

Griff, lässt ihn nicht mehr los. Ein Schrei bahnt sich seinen Weg aus seiner brodelnden Magengrube nach oben. Oskar will das kalte Etwas abschütteln, doch er ist vor Schreck ganz starr. Keinen Zentimeter kann er sich rühren. Keinen einzigen! Verzweiflung kriecht in ihm hoch.

Wie durch eine Nebelwand hört er Clemens' Stimme: „Oskar? Was ist los mit dir?"

„Bist du okay?", schickt Luisa nach.

Endlich lockert sich der eisige Griff. Für einen Augenblick fühlt sich Oskar schwerelos, dann schlägt er der Länge nach auf dem Boden auf. Dabei schlüpft ihm ein Schrei aus dem Mund und breitet sich gellend auf dem Friedhof aus.

„Verdammt, das sah übelst brutal aus! Hast du dir weh-
getan?" Oskar spürt Clemens' Hand auf seiner Schulter.
Der klingt ja richtig besorgt! Mit zitternden Fingern
schiebt sich Oskar Luisas Halstuch über die Stirn.
Clemens packt ihn am Handgelenk und zieht ihn mit
einem Ruck auf die Füße.

„Du bist über das Ding da gestolpert!" Clemens richtet
den Schein seiner Taschenlampe auf den Boden. Unter
Bergen von Moos und Efeublättern blitzt ein umgekipp-
ter Grabstein hervor.

„Na, da wollen wir doch mal sehen, wer dich so fies
gefoult hat." Luisa holt ein Taschenmesser aus ihrer
Jackentasche und nimmt den Kampf mit den Efeu-
ranken auf. Stück für Stück legt sie den verfallenen
Grabstein frei. Als sie fertig ist, mustern Oskar und die
Zwillinge den Stein von allen Seiten. Eine halbe Ewigkeit
brauchen sie, um die verwitterte Inschrift zu entziffern.
Als es ihnen schließlich dämmert, weichen sie entsetzt
zurück.

„Alter, ...", haucht Clemens und seine Stimme bebt.
„Du bist tot!"

Dunkel heben sich die Buchstaben und Ziffern vom hellen Marmor ab:

OSKAR
VON
LAHNSTEIN
01.07.1858 - 05.07.1870
Ruhe sanft!

Oskar läuft es eiskalt über den Rücken. Wer auch immer hier unter der Erde liegt, sie teilen sich einen Namen!

Zimmer Nummer 13

Oskar rutscht mit dem Sessel nach hinten und lässt den
Kopf auf seine Arme plumpsen. Es fühlt sich an, als hätte ihm jemand drei Kilo Watte dort oben hineingestopft.
Die 3b macht sich lachend und plappernd über das
Frühstücksbuffet her. Ekelhaft munter sind die.
Und höllisch laut! Weil der tote Namenszwilling die
halbe Nacht durch seine Gedanken spaziert ist, ist Oskar
total erledigt. Verstohlen mustert er Clemens, der
neben ihm sitzt. Er sieht nicht viel besser aus! Ist auch
kein Wunder, wenn man sich stundenlang hin und her
wälzt, statt zu schlafen. Das war kaum zu überhören.

Erstens, weil Oskar direkt unter Clemens liegt, und zweitens, weil das verdammte Stockbett fürchterlich quietscht. Außerdem wären da noch ungefähr 728 andere Geräusche, die sich nachts in so einem alten Kasten tummeln. Klopfende Heizungsrohre zum Beispiel. Klappernde Fensterläden. Oder Wind, der sich pfeifend durch Mauerritzen quetscht. Und als würde das nicht genügen, ist im Stockwerk über ihnen jemand fröhlich auf und ab getrampelt. Von einer Ecke in die andere und wieder zurück. Stunde um Stunde! Muss ein schlafwandelnder Marathonläufer gewesen sein …

„Verehrter Herr Oskar Lahnstein, stören wir beim Träumen?"
Oskar zuckt zusammen. Neben ihm steht Frau Schmatz-berg und grinst ihn an: „Lange Nacht gehabt?"
24 Augenpaare bohren sich in Oskars Rücken und fiese Hitze klettert seinen Hals hinauf. Er ist gerade dabei, in seinen Gehirnwindungen nach einem coolen Spruch zu graben, als ein ohrenbetäubender Knall den Tisch zum Beben bringt. Oskar zuckt zusammen. Wie angewurzelt steht der alte Hausmeister neben dem Buffet. Rund um seine Schlapfen hat sich ein See aus bunten Scherben

gebildet. Mit weit aufgerissenen Augen starrt er Oskar an, ein blaues Staubtuch baumelt in seiner Hand. Gespenstische Stille legt sich über den Speisesaal. „Was haben Sie da gesagt?", poltert der Hausmeister so unvermittelt los, dass sein eigener Schnurrbart vor Angst zittert. Dann steuert er geradewegs auf Oskar und seine Lehrerin zu. Mit jedem Schritt wippt sein schlohweißes Haar auf und nieder. Am liebsten würde sich Oskar hinter Frau Schmatzberg verkriechen. Voll gruselig der Typ, mit seinem Zitterschnauzer und den Hüpfhaaren!

„Wie bitte?", fragt Frau Schmatzberg verblüfft.

„Gerade eben", donnert der Hausmeister. „Wie haben Sie den Burschen genannt?"

„Na, Oskar Lahnstein? So heißt er nämlich zufällig!", ruft Luisa vom anderen Ende des Speisesaals herüber.

„Jawohl, Herr Saubermann!", kichert Clemens und boxt Oskar gegen den Oberarm. „Mein Kumpel hier ist ein waschechter Lahnstein."

„Ist doch ein ganz normaler Name ...", murmelt Oskar und seine Wangen glühen.

„Nur Zufall … Reiner Zufall … Alles Zufall …", stammelt der Hausmeister. „Wenn Sie mich bitte entschuldigen würden. Ich muss dringend die Vase zusammenkehren. Die ist hin!" Eilig stürzt er aus dem Saal. Frau Schmatzberg schaut ihm kopfschüttelnd hinterher.

„Das ist vielleicht ein merkwürdiger Kauz", grinst Herr Hempel, „der passt perfekt in jeden Horrorfi…" Da hetzt der Hausmeister auch schon wieder bei der Tür herein und die Wörter bleiben in der Luft hängen. Mit Besen und Schaufel bewaffnet, bückt sich der Alte und kehrt umständlich die Scherben zusammen. Als er fertig ist, rappelt er sich ächzend auf.

22

„Nur, falls euch noch niemand in Kenntnis gesetzt hat …",
knurrt er, „was auch immer passiert: Das obere Stockwerk darf nicht betreten werden!"

„Wie meinen Sie das?", will Clemens wissen.

„Es ist unzugänglich", entgegnet der Hausmeister
mürrisch, „versperrt. Verboten. Dort ist keiner und
niemand darf hinauf!"

Oskar und Clemens starren sich an. Wenn dort oben
keiner ist und niemand rauf darf, wer zum Henker ist
dann letzte Nacht Marathon gelaufen?

Der Hausmeister schlurft durch den Raum. Die Scherben
auf der Schaufel klirren leise vor sich hin. Auf der Tür-
schwelle dreht sich der gruselige Alte noch einmal um.

„Das gilt ganz besonders für Zimmer Nummer 13",
zischt er, bevor er flugs den Speisesaal verlässt.

Ein Hinweis

Dicke Regentropfen klatschen Oskar ins Gesicht. Eilig
zerrt er sich die Kapuze über den Kopf. Mistwetter!
„Warum machen wir eigentlich nie was Cooles?",
nörgelt Luisa, während sie einen Fantasiefußball in der
Luft balanciert. Die kurzen roten Haare blitzen unter
ihrer Kappe hervor.
„Museen sind voll unnötig!", stimmt Clemens seiner
Schwester zu. In der Ferne grollt Donner. Gleichzeitig
mit einem Haufen dunkler Gewitterwolken ist die 3b
am Hauptplatz eingetrudelt. Das Dorfmuseum hat die
besten Jahre weit hinter sich. Schaut man es schief an,
stürzt sich der Putz freiwillig von den Wänden. Das „M"
müsste auch mal jemand geraderücken. Oskar kaut auf

25

seiner Zunge, bis sie kribbelt. Dass er Museen super findet, braucht ja keiner zu wissen. Also strengt er sich an, möglichst gelangweilt aus der Wäsche zu schauen.

„Was ist denn mit dir los, Oskar? Ist dir schlecht?"

Frau Schmatzberg starrt ihn an. Wie Erwachsene eben starren, wenn sie sich Sorgen machen, jemand könnte ihnen alles vollkotzen.

„Ähm … nein … alles gut!", stammelt Oskar. Fabelhaft! Wenn er versucht, cool zu sein, schaut er aus wie einer, der sich übergeben muss …

Luisa dribbelt mit ihrem imaginären Fußball auf ihn zu.

„Wehe, du kotzt!" Sie täuscht links an und zieht rechts ab. „Sonst dauert dieser Ausflug noch länger!", lacht sie. Dann schlingt sie einen Arm um Oskars Schultern und schiebt ihn durch die alte Holztür geradewegs ins Museum hinein.

Die 3b drängt sich in den engen Vorraum. Düster ist es und mächtig stickig, aber wenigstens trocken. Oskar streift sich die Kapuze über seine Locken.

„Hier riecht's wie bei meiner Oma unterm Arm!", raunt es in der Menge. Clemens – wer sonst?

26

„Ist im Eintritt inbegriffen, junger Mann!"

Unter in Giftgrün aufgetürmten Haaren grinst ihnen eine Frau entgegen. Sie wirkt ziemlich cool für eine Museumsaufpasserin! Langsam schlendert sie zu ihnen rüber.

„Lasst mich raten: Ihr seid die Glücksvögel, die eine Spezialführung gewonnen haben! Ich jedenfalls bin Isabell."

Oskar beobachtet fasziniert, wie Isabell grinst, Kaugummi kaut und quasselt – alles gleichzeitig. Dann klatscht sie dreimal kräftig in die Hände. So plötzlich, dass Oskars Herz vor Schreck stolpert und eine Bruchlandung hinlegt.

„Ich bin schon ganz aufgeregt", verkündet Isabell.

„Wir hatten seit Ewigkeiten keine Schulklasse mehr da!"

„Sieht man!", murmelt Clemens.

„Clemens, es reicht!", zischt Frau Schmatzberg.

„Du wirst nicht enttäuscht sein." Isabell zwinkert Clemens zu, „Ehrenwort!"

„PLOPP" – Mit einem lauten Knall lässt sie eine Kaugummiblase platzen, bevor sie auf den ersten Raum zusteuert.

„Wo übernachtet ihr denn?", will sie beiläufig wissen, während der Regen gegen die Fensterscheiben prasselt.

„Wir haben uns in der Pension ‚Zum alten Schloss' einquartiert", gibt Frau Schmatzberg bereitwillig Auskunft.

Isabell fährt herum. „In der Pension ‚Zum alten Schloss'?"

Draußen zuckt ein Blitz durch die nachtschwarzen Wolken und taucht den Raum in gleißendes Licht.

Nur für den Bruchteil einer Sekunde – aber das reicht

aus, um einen unheilvollen Schatten über Isabells Gesicht huschen zu sehen. Hektisch verscheucht die Museumsaufpasserin ihn mit einem Grinsen. „Besonders echt sieht das aber nicht aus", findet Oskar. Eher so, als hätte ein nervöser Clown seine Mundwinkeln nicht im Griff.

„So so, im alten Schloss", flötet Isabell mit viel zu hoher Stimme. „Gut, dass sie es renoviert haben ..." Sie stockt. Da ist er wieder, der Schatten! „Nach allem, was dort passiert ist!"

„Was kann in so einem alten Kasten denn schon groß passieren?", tönt Clemens.

„Wenn du wüsstest ...", murmelt die Museumsauf-passerin.

„Ach, uns können Sie es doch sagen", schmeichelt Luisa. „Was ist im Schloss passiert?"

Eine gute Stunde löchert die 3b Isabell nun schon mit Fragen, doch sie schweigt wie ein Grab. Dass das nicht für Kinderohren bestimmt sei, wiederholt sie immer wieder. Klarer Fall von: Erwachsene haben keinen Tau von Kinderohren! Oskar verdreht die Augen. So lange, bis alles verschwimmt. Dann tut er so, als müsse er kotzen. Clemens und Luisa kichern. Die Drei stehen vor einem Schaukasten. Dort ist nichts Aufregendes zu sehen, bloß eine zerfledderte Zeitung. „Dorfzeitung" prangt in verschnörkelten Buchstaben auf der Titelseite. Und das Datum: 12. Juli 1870. Den Rest kann man nicht mehr erkennen. Total vergilbt das Teil! Oskar will weitergehen, als Donnergrollen krachend die Stille zerreißt. Fast zeitgleich kämpft sich ein Blitz durch die Wolkentürme vor dem Fenster. Es klingt, als würden Knochen brechen. Dann wird es schlagartig finster. Die Härchen auf Oskars Armen richten sich erschrocken auf, als ihm ein eiskalter Lufthauch um die Nase weht.

„Stromausfall", murmelt Isabell. Dann stapft sie in den Vorraum, wo man sie laut werken und noch lauter fluchen hört. Nach einer gefühlten Ewigkeit macht es „PLING" und Licht durchflutet die Räume. Auch Isabell kommt zurück.

„Passiert hier ständig", seufzt sie, „die Elektrik ist Schrott!" Doch Oskar hört gar nicht richtig hin. Etwas ganz anderes zieht ihn in den Bann: Die Zeitung im Schaukasten – sie liegt plötzlich aufgeschlagen da! Oskar fröstelt.

Clemens und Luisa scheinen es ebenfalls bemerkt zu
haben. Zögerlich beugen sich drei Köpfe über den Glas-
kasten. Ohne Vorwarnung sticht ihnen die Schlagzeile
ins Auge:

Das ist doch sein Namenszwilling vom Friedhof! Fieberhaft überfliegt Oskar die Zeilen. Als die Worte in seinem
Kopf endlich Sinn ergeben, erschaudert er. Dieser Oskar
von Lahnstein … Er ist losgezogen, um im Wald zu spielen, aber nicht wieder aufgetaucht!

Gefangen

Leise zieht Oskar die Tür des Geräteschuppens hinter sich zu. Hier findet Luisa ihn nie! Die Zwillinge und er spielen Verstecken. Bei ihm zu Hause – klarer Heimvorteil! Oskar kauert sich hinter den Rasenmäher. Schritte nähern sich und er hält gespannt die Luft an. Nach einer Weile entfernen sich die Schritte wieder. Draußen ist es totenstill. Die Minuten ziehen sich wie Kaugummi. In Oskars Füßen treibt eine Großfamilie Ameisen ihr Unwesen. Scheußlich, wie das kribbelt! Luisa könnte sich ruhig ein bisschen beeilen ... Doch niemand kommt. Langsam aber sicher wird es Oskar zu blöd. Er will aufspringen, doch etwas hält ihn zurück. Oskar kann sich nicht bewegen, er ist wie versteinert. Die Ameisensippe nutzt das aus und kriecht aus seinen Füßen. Unter seiner Haut krabbeln die Mistviecher in alle Richtungen davon, ergreifen unbarmherzig von ihm Besitz. Oskar schüttelt es. Er will schreien, doch die Ameisen haben seinen Mund erobert. Statt Laute, spuckt er panisch Ameisen aus. Wenigstens lässt das abscheuliche

Kribbeln endlich nach. Oskars Körper füllt sich wieder mit Leben. Er rappelt sich auf und wankt zur Tür. So muss sich Frankensteins Monster gefühlt haben! Benommen greift er nach dem Metallgriff. Oskar will die schwere Holztür aufstoßen, doch sie klemmt. Verzweifelt umklammert er den Griff. Er rüttelt mit aller Kraft, aber die Tür gibt nicht nach. Die Gewissheit trifft Oskar

mit voller Wucht: Er ist eingesperrt! Und keine Menschen-
seele weit und breit, die ihm helfen könnte ...
Wimmernd lehnt sich Oskar gegen das kühle Holz. Er
fühlt sich nicht wie er selbst. Wie ein anderer ... irgend-
wie. Die Luft zum Atmen wird immer knapper. Oskar
weiß, irgendwann wird sie ganz schwinden. Langsam
rutscht er an der Tür hinab und lässt den Kopf erschöpft
auf die Arme sinken. Dann wiegt er sich sachte hin und
her. Schließlich bricht Oskar in Tränen aus und kann sich
nicht und nicht beruhigen ...

„Oskar? ... Oskar? Aufwachen!"
Oskar hockt im Stockbett in der Pension „Zum alten
Schloss". Sein Gesicht fühlt sich nass und klebrig an.
Clemens hält ihn bei den Schultern fest und wiegt ihn
hin und her. Draußen ist es finstere Nacht, deshalb hat
Clemens das Licht aufgedreht. Nach all der Dunkelheit
von gerade eben blendet das höllisch!
„Keine Panik, du hast nur geträumt", flüstert Clemens.
„Muss ja ein echt schlimmer Albtraum gewesen sein,
so wie du geheult hast!"
Er nimmt seine Hände von Oskars Schultern und die

35

Schaukelei hört auf. Gott sei Dank, alles nur ein böser Traum! Oder?

„Ich hab überhaupt nicht geheult", murmelt Oskar und würgt den bitteren Geschmack in seinem Mund hinunter, „ich mein, das war ich nicht. Ehrlich nicht! Ich glaub, das war der tote Oskar!"

Clemens starrt ihn an, als hätte er den Verstand verloren. Vielleicht hat er das auch – es fehlen noch einige Puzzleteile, damit alles Sinn ergibt.

„Clemens, da stimmt was nicht", presst Oskar mühsam hervor, „wir müssen herausfinden, was damals passiert ist!"

Der sechste Sinn

Die 3b hat den Speisesaal in Beschlag genommen –
ein Spieleabend steht am Programm. Während sich
die anderen amüsieren, hat Oskar ganz andere
Gedanken. Sie wandern zum Grabstein am Friedhof,
legen einen Zwischenstopp im Museum ein und lan-
den schließlich eingesperrt im Schuppen. Danach geht
es wieder von vorne los. Oskar hämmert mit der Faust
auf den Tisch, um die Nervensägen aus seinem Kopf zu
verscheuchen.

„Lass das sein, Oskar!", weist Herr Hempel ihn zurecht.
Sonst wäre ihm das total peinlich, aber heute ist es ihm
egal. Außerdem schenkt Luisa ihm so etwas Ähnliches
wie einen bewundernden Blick. Das können nicht viele
von sich behaupten.

Plötzlich fühlt Oskar einen zweites Augenpaar auf sich
ruhen. Er schaut auf und starrt ohne Vorwarnung in das
Gesicht des Hausmeisters. Gemeinsam mit der Schlosswirtin bereitet der Alte den Speisesaal für das morgige
Frühstück vor. Eigentlich – im Moment starrt er Oskar
nämlich mit leerem Blick und hängenden Armen an.

37

Es ist, als wäre die Zeit stehengeblieben und hätte bei
der Gelegenheit auch gleich sämtliche Geräusche
verschlungen.

„Uno!", dringt es dumpf an sein Ohr. Wie auf Knopf-
druck stürzen sich die Geräusche auf Oskar. Ganz so, als
wären sie nie fort gewesen. Sesselbeine scharren über
den Steinboden, im Hintergrund dudelt das Radio,

die 3b lärmt wie immer und die Schlosswirtin hievt schnaufend einen Stoß Teller auf die Anrichte. Als wäre nichts passiert, widmet sich der Hausmeister wieder seinem Wischmopp. Zwischendurch beäugt er Oskar verstohlen. Oskar beutelt den Kopf, doch die Blicke lassen sich nicht abschütteln.

„Wer ist dran?", fragt er in die Runde.

„Du", kichert Luisa, „eh erst seit ein paar Stunden!"

Oskar grinst schief. Die müssen ihn für komplett be-scheuert halten! Hastig knallt er eine ‚+4'-Karte auf den Tisch. Während Clemens fluchend vier Karten vom Stapel zieht, spürt Oskar nach wie vor diesen stechenden Blick im Nacken. Mann, langsam nervt der Alte! Zornig fährt Oskar herum, doch der Hausmeister ist wie vom Erdboden verschluckt. Einsam und verlas-sen lehnt der Wischmopp an der Wand. An-stelle des Gruselopas liegt die Katze der Wirtin auf der Lauer. Den Schwanz kerzengerade in die Höhe gestreckt, starrt sie mit weit aufgerissenen Augen zu ihm rüber. Ihr Fell sträubt sich angriffs-lustig. Was ist der denn über die Leber gelaufen?

Oskar starrt zurück, doch die Katze sieht durch ihn hindurch, als wäre er Luft. Angestrengt fixiert sie etwas direkt hinter ihm. Oskar wirft einen Blick über die Schulter. Gähnende Leere!

„Verrücktes Vieh", murmelt er. Da steigt ihm ein ekelhafter Geruch in die Nase. Gott, das stinkt, als hätte jemand eine Eiaufstrich-Semmel in der Sonne vergessen! Sauer stößt er auf. Quasi in letzter Sekunde hindert Oskar seinen Magen daran, ein Rad zu schlagen. Wenn er jetzt in die Uno-Karten kotzt, ist er bis in alle Ewigkeit das Gespött der 3b. Dann kann er sich gleich neben seinem Namenszwilling einbuddeln! Endlich hat Oskar seinen Magen wieder halbwegs im Griff, da faucht die Katze, als hätte ihr letztes Stündlein geschlagen. Wie ein geölter Blitz jagt sie zur Tür hinaus. Dabei nimmt sie die Abkürzung über die Anrichte – und den Stoß mit den Tellern gleich mit. Krachend landet das weiße Porzellan auf dem Steinboden, wo es in tausend Stücke zerbricht. Die Schlosswirtin stößt einen spitzen Schrei aus.

„Ständig macht die Fellnase Ärger", jammert sie laut, „sieht die in ihrem Alter doch tatsächlich Geister! Das ist schon das dritte Mal in dieser Woche!"

Clemens und Luisa kichern und Oskar stimmt mit ein. Aber nur halbherzig, denn wohl ist ihm bei der ganzen Sache echt nicht. Wenigstens hat sich zusammen mit der Katze auch der Eiaufstrich-Gestank verzogen ...

Oskar greift zum Kartenstapel, da fällt ihm ein gefaltetes Stückchen Papier auf. Unschuldig liegt es auf seinem Platz. Seltsam, das war doch vorhin noch nicht da! Neugierig faltet Oskar den Zettel auseinander. Das Papier fühlt sich merkwürdig an. Irgendwie rau – und eiskalt! Mit schwarzer Tinte hat sich jemand darauf verewigt. Wie gemalt sieht das aus, jeder Buchstabe ein kleines Kunstwerk. Oskar kneift die Augen zusammen.

H – E – L ... liest er. Die Buchstaben sind altmodisch und verschnörkelt. Genau wie die in der Museumszeitung ...

„Du hast doch nicht etwa Geheimnisse vor uns?", Luisa reißt ihm den Zettel aus der Hand.

„Pass auf!", platzt Oskar heraus, „der ist wichtig, glaub ich!"

Clemens setzt einen übertrieben ernsten Blick auf und rutscht zu seiner Schwester und Oskar hinüber.

Dann trällert er: „Na, dann wolleeen wir doch mal schaueeen, was so schreeecklich wiiichtig ist!"

Gebannt starren die Drei auf den Zettel in Luisas Händen. Buchstabe für Buchstabe entschlüsseln sie die Botschaft. Schließlich ergeben die Wörter Sinn – mehr oder weniger zumindest! Luisa wirft den Zettel von sich, als hätte er Feuer gefangen. Ihre Augenbrauen zucken vor Aufregung.

Helft mir bitte zu entschwinden,
lasst mich ewige Ruhe finden!
O.u.L.

Leise murmelt Oskar den Text. Er hebt den Zettel auf, faltet ihn sorgfältig und stopft ihn in seine Hosentasche. „Sieht fast so aus", meint er mit zittriger Stimme, „als würde der andere Oskar unsere Hilfe brauchen!"

Das geheimnisvolle Zimmer

Als Oskar in dieser Nacht im Bett liegt, kriegt er kein
Auge zu. Erlaubt sich da jemand einen Scherz mit ihnen?
Oder kann es wirklich sein, dass die Seele von diesem
toten Oskar Hilfe braucht? Obwohl er fix und fertig
ist, findet er keinen Schlaf. Plötzlich hört er ein leises
Schluchzen. Was ist denn jetzt los?

„Clemens?", flüstert Oskar, „was hast du?"

Keine Antwort! Stattdessen wird das Schluchzen
lauter – lauter und verzweifelter.

„Was ist denn passiert?", versucht es Oskar noch einmal.

„Mann, Oskar!", saust Clemens' Stimme aus dem oberen
Bett. Er klingt völlig normal. „Das bin ich nicht!"

Oskar fährt in die Höhe. Angst schlingt sich um seine
Brust wie eine hungrige Schlange.

„Dann kommt das von oben!", presst er hervor, „aus
dem oberen Stockwerk!"

Wie auf Kommando fängt dort wieder jemand an,
Marathon zu laufen. Bis in die Haarspitzen kann Oskar
das Trampeln spüren.

„Höchste Zeit", meint Clemens, während er aus seinem

Bett klettert, „Zimmer Nummer 13 unter die Lupe zu nehmen."

Gelassen sollte das klingen. Doch Oskar hört das Zittern in Clemens' Stimme so deutlich wie die Schritte und das Heulen ...

Oskar und Clemens haben kaum eine halbe Zehenspitze auf die Dielenbretter am Gang gesetzt, schon umhüllt sie die Dunkelheit der Nacht. Krampfhaft umklammert Oskar seine Taschenlampe. Sie aufzudrehen traut er sich nicht. Was, wenn Frau Schmatzberg und Herr Hempel in ihren Zimmern nebenan etwas mitkriegen? Hier draußen ist das unheimliche Heulen kaum zu überhören.

Es kriecht Oskar in die Ohren und krallt sich dort fest.

„Das kommt fix von oben", flüstert Clemens und packt Oskar am Handgelenk. Stufe für Stufe tasten sie sich die Treppe hinauf. Das Holz unter ihren Füßen knarrt schau-

44

erlich. Mit jedem Knarren rutscht Oskars pochendes
Herz ein Stückchen tiefer. Endlich haben sie den ersten
Stock erreicht. Oskar atmet erleichtert auf, da donnert
ihm plötzlich jemand von hinten mit der Hand auf die
Schulter.

„BUUUH!", raunt es direkt an seinem Ohr.

Oskar erstarrt. Die Dunkelheit um ihn herum beginnt
sich zu drehen. Übermütig wirbelt sie im Kreis und gibt
sich verdammt viel Mühe, ihn die Treppe hinunterzusto-
ßen. Das ist zu viel für Oskars Herz. Panisch will es aus
seinem Körper springen.

„Cl… Cl… Cleee…", stammelt Oskar, während sich seine Fingernägel in Clemens' Unterarm graben. Sein Freund jault vor Schmerz auf.

„Verdammt", keucht Clemens, „lass das, Luisa!"

„War doch nur Spaß", murmelt Luisa beschwichtigend. Oskar plumpst ein Stein vom Herzen. Auch die wirbelnde Dunkelheit kriegt sich wieder ein. Es ist nur Luisa – kein irrer Poltergeist!

„Was zum Teufel hast denn du hier verloren?", brummt Oskar.

„Na, dasselbe wie ihr zwei", zischt sie zurück, „ich will wissen, wer da heult. Wenn das nicht aus Zimmer Nummer 13 kommt, fress' ich einen Besen. Und den Hausmeister gleich zum Nachtisch!" Kichernd knipst sie ihre Taschenlampe an – nun traut sich auch Oskar, das Licht anzumachen.

Zu dritt huschen sie über den Gang, bis sie endlich auf Zimmer Nummer 13 stoßen. Klägliches Weinen zwängt sich unter der Tür durch. Oskar greift nach der Türschnalle. Sie fühlt sich kalt an – kalt und unberechenbar!

46

„Bereit?", flüstert Oskar.

Die Zwillinge nicken stumm. Ihre Gesichter sind kreide-
bleich. Sogar die Sommersprossen schauen aus, als wären sie krank. Oskar hält die Luft an und zählt im Kopf
bis drei. Dann drückt er langsam die Schnalle hinunter.
Knarrend schwingt die Holztür auf und ein Schwall eisi-
ger Luft schlägt ihnen entgegen. Oskar und Luisa leuch-
ten ins Innere. Im Schein der Taschenlampen tanzt der
Staub. Zögerlich wagen sie sich ins Zimmer. Mit offenem
Mund schaut sich Oskar um. Mitten in einem Kinderzimmer stehen sie. Und das wirkt ganz so, als wäre es
aus der Zeit gefallen und zufällig in der Pension ‚Zum
alten Schloss' aufgeschlagen.

„Alter, …", murmelt Clemens, während er sich einmal
um sich selbst dreht, „wir sind in der Vergangenheit
gelandet!"

Das gruselige Weinen dringt aus allen vier Ecken und
peitscht durch den Raum. Doch das geheimnisvolle
Zimmer zieht Oskar und die Zwillinge so geschickt in
seinen Bann, dass die Heulerei einfach an ihnen abprallt.
Direkt neben der Tür hängt ein riesiges Gemälde, das
von einem schweren Vorhang verdeckt wird. Behutsam

streicht Oskar über den roten Stoff. Verdammt, der ist ja
brennend heiß! Erschrocken zieht er seine Hand zurück
und drängt sich enger an Clemens und Luisa. Alles hier
sieht aus, als würde das Kind, dem das Zimmer gehört,
jeden Moment bei der Tür hereinplatzen. Doch nichts
von dem Spielzeug hier drinnen würde man bei Oskar
oder den Zwillingen zu Hause finden. Keine Spielkon-
sole, kein Lego, ja, nicht einmal ein paar Gesellschafts-
spiele! Stattdessen marschiert eine Armee Zinnsoldaten
durch den Raum. Fein säuberlich hat sie jemand in Reih'
und Glied aufgestellt. So etwas kennt Oskar nur aus
dem Museum. Gleich neben dem altmodischen Himmelbett steht ein Schaukelpferd aus dunklem Holz. Ein
goldenes Wappen ziert seinen Ledersattel – ein Löwe,
der majestätisch vor zwei gekreuzten Schwertern thront.
Neugierig fasst Clemens dem Pferd in die Mähne.
„Iiih!", quietscht er, „die Haare sind echt!"
„Ich glaub's nicht", murmelt seine Schwester nur wenige
Schritte weiter, „das ist ja ein verfluchtes Waffenarsenal!"
Ehrfürchtig fährt Luisa mit den Fingern über einige
kunstvoll geschnitzte Pfeile, die in einem Köcher an
der Wand hängen. Daneben sind der Größe nach fünf

Degen angeordnet. Und in einem geräumigen Weiden-
korb, der auf dem Boden steht, stapeln sich haufenweise
Jagdmesser. Oskar angelt sich ein Buch aus dem Regal.
Es ist in rotes Leder gebunden, der Titel goldfarben
eingraviert. Solche Bücher findet man sonst nur auf dem
Flohmarkt. Neugierig linst Clemens ihm über die Schulter.
„Robinson Crusoe", stellt er fachmännisch fest, „das ist
uralt. Hab den Film mit meinem Opa gesehen. Der ist
auch uralt!"
Vorsichtig stellt Oskar das Buch mit dem Schiffbrüchigen
wieder zurück. Neben dem Bücherregal steht ein runder
Marmortisch. Ein Schachbrett ist darauf ausgebreitet.
Ganz so, als wäre bis vor wenigen Augenblicken noch
eine spannende Partie gespielt worden. Oskars Blick
wandert zu einem mit rotem Samt bespannten Sessel.
Unscheinbar steht er in der Ecke. Es ist verrückt, aber
Oskar wird das Gefühl nicht los, dass der Sessel nach
ihm ruft. Wie an unsichtbaren Fäden zieht ihn das
Möbelstück näher heran. Hängt da nicht etwas über
der Lehne? Neugierig greift Oskar nach dem Stoff.
„Schaut mal, was ich gefunden habe!", kichert er und
schwenkt das ungewöhnliche Kleidungsstück durch die

Luft. Als die Zwillinge den altmodischen Matrosenanzug erkennen, brechen sie in Gelächter aus.

„Das Teil würde nicht mal Donald Duck freiwillig anziehen", prustet Luisa. Kaum haben die Worte ihren Mund verlassen, schwillt das klägliche Weinen an. Es wird laut und immer lauter, hüpft vorwurfsvoll in ihren Köpfen auf und ab. Oskar kriegt es mit der Angst zu tun. Rasch will er den Anzug zurück über die Lehne werfen, doch der scheint andere Pläne zu haben. Zu seiner vollen Größe aufgebäumt, schwebt er über dem Sessel.

Im Schein der Taschenlampen sind die Umrisse eines Schädels zu erkennen. Geisterhaft ragt dieser aus dem Kragen des Matrosenanzugs hervor.

Es ist ein Kinderkopf – so lockig wie Oskars eigener. Unverwandt starrt der Schattenkopf Oskar und die Zwillinge an. Dabei plärrt er so schauerlich, dass Oskar das Blut in den Adern gefriert.

Was geschah mit Oskar von Lahnstein?

Oskar und den Zwillingen entweicht die Farbe aus dem
Gesicht. Mit geweiteten Augen starren sie das schwe-
bende Kind im Matrosenanzug an. Oskar will
schreien, doch irgendjemand hat alle
Töne in seiner Brust ein-
gesperrt und einfach den
Schlüssel weggeworfen.
Scheppernd klammert er
sich an seine Taschenlampe.
Hinter seinem Rücken hört er Clemens und Luisa
abwechselnd krächzen. Sofort kommt das gruselige
Wimmern des Geisterkindes angeflogen. Im flackern-
den Schein seiner Taschenlampe sieht Oskar, wie sich
die Zinnsoldaten in Bewegung setzen. Im Gleichschritt
marschieren sie durch den Raum.

Im nächsten Moment fängt das Schaukelpferd an zu wippen. Zaghaft erst, doch rasch wird es immer wilder. Dabei stößt es ein markerschütterndes Wiehern aus. Es ist, als wäre ein Albtraum aus Oskars Kopf gehüpft, um sich ein bisschen zu amüsieren.

Entsetzt beobachten die Kinder, wie sich die fünf Degen von der Wand lösen – einer nach dem anderen. Im Handumdrehen tobt ein erbitterter Fechtkampf. Wie von Geisterhand werden plötzlich die Schachfiguren über das Brett geschoben.
Als dann auch noch Robinson Crusoe aus dem Regal schwebt und mit flatternden Seiten auf sie zugeschossen kommt, ist das zu viel für die drei.

Kreischend stürzen sie zur Tür. Und gerade, als Oskar absolut sicher ist, dass es unmöglich schlimmer kommen kann, sieht er, dass da jemand im Türrahmen steht. Jemand mit Zitterschnauzer und Hüpfhaaren …

„WAS ZUM TEUFEL HABT IHR HIER VERLOREN!", brüllt der Hausmeister gegen den Lärm an, „ZIMMER NUMMER 13 IST VERBOTEN! HABE ICH DAS NICHT LAUT UND DEUTLICH GESAGT?"

Dann hebt er die Hand. Ganz so, als würde er dem tobenden Spielzeug Einhalt gebieten wollen.

„Junger Graf von Lahnstein, wenn Sie sich bitte schön ein bisschen beruhigen könnten?", flötet der Hausmeister mit zuckersüßer Stimme.

Augenblicklich kehrt Ruhe ein. Die Zinnsoldaten und Schachfiguren erstarren, das Schaukelpferd steht still und die Degen kehren reumütig auf ihren Platz zurück. Als sich schließlich auch das Buch wieder ins Regal verzieht, kratzt Oskar seinen letzten Rest Mut zusammen und wagt einen Blick zum Sessel hinüber. Unschuldig hängt der grüne Matrosenanzug über der Lehne. Ganz so, als könne er kein Wässerchen trüben. Von einem Schattenschädel ist weit und breit nichts zu sehen.

„Jetzt zu euch, ihr Rotzlöffel ...", der Hausmeister mustert die Kinder von oben bis unten, „Regeln einhalten, ist wohl nicht so eure Stärke!"

Luisa duckt sich hinter Oskars Rücken und Clemens

starrt angestrengt auf seine Füße. Deshalb kann auch nur Oskar das Grinsen des Hausmeisters sehen.

Es schwappt vom rechten Schnauzerende zum linken rüber und ist so schnell wieder verschwunden, wie es aufgetaucht ist.

„Tschuldigung", murmeln die Zwillinge wie aus einem Mund.

„Tut uns leid", beeilt sich auch Oskar zu sagen, „aber echt jetzt: Da ist doch was faul!"

„Ach, was du nicht sagst, Sherlock!", der Hausmeister gibt sich nun kein bisschen Mühe mehr, sein Grinsen zu verbergen. So sieht er gleich freundlicher aus, findet Oskar. Nur mehr 50 Prozent Gruselopa …

„Nun ja, bei dem, was ihr gerade gesehen habt", meint der Hausmeister, „könnt ihr die Wahrheit wohl vertragen. Aber zuerst der offizielle Teil!" Er streckt Oskar seine kräftige Hand entgegen: „Mein Name ist Ferdinand Gustav der Vierte. Aber alle nennen mich Ferdi!"

„Oskar Lahnstein", murmelt Oskar, während er Ferdis Hand schüttelt.

„Genau wie der junge Graf", seufzt der Hausmeister, „das kann unmöglich Zufall sein!"

Nachdem er sich auch den Zwillingen vorgestellt hat,
nickt Ferdi zum Himmelbett hinüber.

„Hinsetzen und Lauscher aufsperren!", befiehlt er mit
einem Augenzwinkern. Dann zieht er sich den Sessel
mit dem Matrosenanzug heran, zupft seinen Schnau-
zer zurecht, räuspert sich und beginnt zu erzählen …

Von Oskar von Lahnstein, einem Grafensohn, der vor
Ewigkeiten gemeinsam mit seinen Eltern hier im Schloss
gelebt hat. Ein echter Abenteurer sei er gewesen, ständig auf Achse. Dann, eines Tages, im Juli 1870 – er hat
gerade erst seinen zwölften Geburtstag gefeiert – ist
Oskar von einem seiner Streifzüge nicht mehr heimge-
kehrt.

„Der Junge war wie vom Erdboden verschluckt", seufzt
Ferdi, „wochenlang hat man nach ihm gesucht, jeden
Stein in der Umgebung umgedreht – doch vergebens!"

„Dieser Oskar ist … ist … nicht wieder aufgetaucht?",
stammelt Luisa.

„Du hast es erfasst", meint der Hausmeister und senkt
die Stimme, „seit mehr als 150 Jahren fehlt jede Spur
des jungen Grafen. Doch seine Seele findet keine Ruhe,
denn seit damals gehen in diesen Gemäuern unheimliche

Dinge vor sich. Und ich muss es wissen, schließlich hat
schon mein Ur-Ur-Urgroßvater als Dienstbote hier im
Schloss gearbeitet."

Auf Oskars Rücken breitet sich Gänsehaut aus.

„Ich wusste es", flüstert er aufgeregt, „hier spukt's!"

„Und wie!", bestätigt Ferdi, „ihr habt es ja mit eigenen
Augen gesehen. Schon wenige Tage nach Oskars Verschwinden fing das an. Kann man alles in den Aufzeich-
nungen meines Ur-Ur-Uropas nachlesen. Er war da sehr
gewissenhaft!"

Der Hausmeister erzählt den Kindern, dass der Graf und
die Gräfin über den Verlust ihres einzigen Kindes nie
hinweggekommen sind. Die Trauer und das schauerliche
Spuken haben sie irgendwann in den Wahnsinn getrieben.

„Zwar hat es eine Beerdigung gegeben", Ferdi räuspert
sich, „aber … nun ja … der Verstorbene hat gefehlt."

„Wir haben das Grab gefunden", murmelt Clemens,
„total heruntergekommen!"

„Keiner kümmert sich darum", der Hausmeister zuckt
die Schultern, „man sagt, dass das Grafenpaar den
Friedhof wie der Teufel das Weihwasser gemieden hätte.
Aber Oskars Zimmer hier, das darf auf gar keinen Fall

verändert werden. Nicht solange dieses Schloss steht! Mit dem Verkauf haben seine Eltern das so im Vertrag festgehalten. Und heute ist es meine Aufgabe, im Kinderzimmer für Ordnung zu sorgen", erklärt Ferdi. Dann stößt er einen tiefen Seufzer aus: „Insgeheim haben der Graf und die Gräfin die Hoffnung nicht aufgegeben, dass ihr Bub lebend zurückkommt."

„Ist das traurig ...", flüstert Luisa.

„Ich wüsste echt gerne, was mit diesem Oskar von Lahnstein passiert ist", murmelt Oskar. Seine Stimme drängt sich an einem fetten Frosch vorbei, der auf einmal in seinem Hals hockt.

„Da bist du nicht der Einzige", meint Ferdi, „ich fürchte nur, das werden wir nicht herausfinden. Zumindest nicht in diesem Leben!"

Dann sagt keiner mehr ein Wort. Schwer wie Blei legt sich die Stille über Oskars Kinderzimmer. Irgendwann erhebt sich der Hausmeister ächzend aus dem Sessel. Langsam schlurft er zum Gemälde neben der Tür.

„Weißt du, was richtig unheimlich ist?", Ferdi dreht sich um und hält Oskar mit einem seiner speziellen Blicke fest. Oskar kann nur stumm den Kopf schütteln.

„Du schaust aus wie er", flüstert der Hausmeister. Dann packt er den roten Vorhang, um ihn mit einem Ruck auf die Seite zu ziehen. Entsetzt starren Oskar und die Zwillinge auf das Bild an der Wand. Von dort oben grinst ihnen ein Bub entgegen. Es ist, als würde Oskar in den Spiegel schauen. Der gleiche Lockenkopf, die gleichen blauen Augen … Sogar die Lücke zwischen den Schneidezähnen und das Muttermal auf der rechten Wange passen! Nur, dass der Bub auf dem Gemälde in einem grünen Matrosenanzug steckt, lässt erahnen, dass es sich um den anderen Oskar handelt. Den toten Oskar …

Hilferuf aus dem Jenseits

„So eine Nacht mit deinem Doppelgänger im Matrosenanzug macht hungrig!", grinst Clemens. Er stopft
sich den letzten Bissen der Honigsemmel in den Mund
und schleckt einen Finger nach dem anderen ab. Dabei
schmatzt er extra laut. Obwohl sich Clemens seit dem
Aufstehen so aufführt, als wären er und Oskar von
Lahnstein die allerbesten Kumpel, fliegen seine Blicke
unruhig durch den Speisesaal. So schnell macht er Oskar
also nichts vor. Die Zwillinge und er sind erst spät nach
Mitternacht ins Bett gekrochen. Oskar hat geschlafen
wie ein ganzer Steinbruch. Vom toten Oskar war nichts
mehr zu hören. Auch heute Früh hat er keinen Muckser
gemacht. Kein bisschen Getrampel und noch weniger
Geheule. Auch keine versteckten Botschaften – einfach
gar nichts! Oskar hat sich in den Kopf gesetzt, seinem
unheimlichen Zwilling zur Seite zu stehen. Ewige Ruhe
zu finden kann ja wohl nicht so schwer sein, oder? Aber
wie schickt man einen Geist überhaupt ins Jenseits?
Clemens und Luisa haben auch keinen Schimmer.
„Vielleicht müssen wir ihn finden", grübelt Oskar.

„Also seine … na ja … Leiche eben."

„Danke", sagt Clemens und grinst schief, „ich hab gerade gegessen!".

„Das Leichenfinden muss warten", mischt sich Luisa ein, „schon vergessen? Wir fahren gleich in den National-park! Keine Zeit für die Mission ‚Findet das Skelett im feinen Zwirn'!"

Mission „Findet das Skelett im feinen Zwirn" – das klingt so irre, dass Oskar nichts anderes übrigbleibt, als vor Lachen loszubrüllen. Da können sich auch die Zwillinge nicht mehr halten. Die Drei kichern, bis ihnen die Tränen aus den Augen spritzen. Auf einmal macht sich in Oskar ein ganz komisches Gefühl breit. Ein Gefühl, als würde sich noch einer köstlich amüsieren. Da klopft auch schon ein schauriges Kichern an sein Ohr. „Na, wenigstens lacht der Kerl zur Abwechslung mal", denkt Oskar, „diese ständige Heulerei hält ja kein Mensch aus." Dann muss er gleich noch ein bisschen lauter kichern.

Schweißgebadet, dreckig bis unter die Socken und mit einem Haufen Schmetterlingen im Bauch, sitzt Oskar im

64

Bus zurück in die Pension. Dass das Thermometer mitten im Herbst noch einmal in schwindelerregende Höhen klettert, damit hat niemand gerechnet. Herr Hempel hält gerade einen Vortrag über den Klimawandel, doch Oskar ist mit seinen eigenen Gedanken beschäftigt. Beim Lagerfeuer hat Luisa nämlich ihren Kopf auf seine Schulter gelegt. 14,5 Sekunden lang! Das weiß Oskar deshalb so genau, weil er vor lauter Aufregung total vergessen hat, wie man atmet. Also hat er stattdessen einfach Fußbälle gezählt. Ein Glück, dass Luisa ihren Kopf nicht länger auf seiner Schulter geparkt hat. Sonst würde jetzt ein zweiter Schattenschädel durch die Gegend schweben. 14,5 Sekunden waren einfach perfekt. Unter solchen Umständen kann sein Hirn ruhig mal auf ein bisschen Sauerstoff verzichten, findet Oskar. Als Clemens den Kopf seiner Schwester auf Oskars Schulter entdeckt hat, sind seine Augenbrauen ein paar Zentimeter in die Höhe gehüpft. Aber dann hat er von einem Ohr zum anderen gegrinst, Schmatzgeräusche gemacht und Oskar zugezwinkert. Das wäre also geregelt ...

Als Oskar zwei Stunden später aus der Dusche steigt, spielen die Schmetterlinge noch immer verrückt.

Pfeifend hängt er das nasse Handtuch zum Trocknen auf den Haken. Dann schlüpft er in seinen Pyjama.

„Mann, Oskar", lacht Clemens draußen vor der Badezimmertür, „du klingst wie eine verknallte Amsel, der man den Hals umgedreht hat!"

Oskar grinst und schweigt. Er ist so mit den Schmetterlingen in seinem Bauch beschäftigt, dass er fast nicht mitgekriegt hätte, wie der Wasserdampf plötzlich Gestalt annimmt. Aber eben nur fast. Und so steht Oskar auf dem kalten Fliesenboden und starrt die Dampfwolken an, die sich vor dem Spiegel auftürmen. Gerade denkt er noch, wie seltsam der Wasserdampf aussieht, wie ein Lockenkopf, da steigt ihm wieder dieser Eiaufstrich-Gestank in die Nase. Die Schmetterlinge in Oskars Bauch stellen sich tot. Einer nach dem anderen lässt sich auf den Rücken fallen und streckt seine Füßchen in die Höhe. Oskar hingegen gibt sich große Mühe, cool zu bleiben.

„Ist doch nix Besonderes", murmelt er, „echt nix Besonderes ... Nur mein Poltergeist-Zwilling ..."

Vielleicht hätte das mit dem Coolbleiben sogar geklappt, wäre diese abartige Wasserdampf-Hand nicht
aufgetaucht. Ganz ohne Vorwarnung. Aus dem Nichts!
Begleitet von grässlichem Geheule malt die Dampfhand
Buchstaben auf das beschlagene Glas.
Also tut Oskar das, was jeder normale Bub an seiner
Stelle getan hätte: Er schlägt die Hände vor die Augen
und schreit sich die Seele aus dem Leib! Während Oskar
so dasteht und kreischt, rüttelt es an seinen Schultern.

Also bleibt ihm gar nichts anderes übrig, als die Hände von den Augen zu nehmen und drauflos zu boxen. Blindlings schlägt Oskar um sich. Geist hin oder her – kampflos würde er sich auf keinen Fall geschlagen geben! Da schließen sich zwei Hände um Oskars Fäuste und halten sie in der Luft fest. Einfach so! Er hat nicht den Hauch einer Chance. Der tote Oskar ist viel stärker als er. Übersinnliche Kräfte sind echt unfair! Schlotternd vor Angst presst Oskar seine Augenlider aufeinander. Der tote Oskar flüstert etwas. Bei all dem Lärm, den sein Zähneklappern veranstaltet, versteht Oskar nur leider kein Wort. Also beugt sich der Geist näher zu ihm. So nahe, dass sich sein kalter Atem in Oskars Locken verfängt. Der tote Oskar flüstert nun nicht mehr, sondern brüllt Oskars Namen. Unbeirrt hält er dabei seine Hände fest. Oskar erstarrt. Sein Hirn fühlt sich an wie ein Haufen glibbriger Pudding.

„OSKAR!", zwängt sich die Stimme in sein Ohr, „OSKAAAR!"

„Hilfe!", schießt es Oskar durch sein Glibberhirn, „der Kerl klingt voll wie Clemens!"

Gerade überlegt er noch, ob Tote wohl Stimmen klauen

68

können, da lässt der Geist Oskars Hände los und packt ihn wieder bei den Schultern.

„ALTER", tönt es schrill vor seinem Gesicht, „jetzt mach endlich die Augen auf und schau dir das an!"

Oskar zwingt sich, die Augen zu öffnen – erst das linke, dann das rechte – und wagt einen Blick. Das ist ja wirklich Clemens, der da vor ihm steht. Kein Grafensohn weit und breit! Auch die Dampfhand hat sich in Luft aufgelöst. Mit zitterndem Finger zeigt sein Freund auf den Badezimmerspiegel.

Grob hat der Dampfgeist die Wörter auf das beschlagene Glas geschrieben. Ein schauerlicher Schriftzug, der aussieht, als würde er direkt aus einem Horrorfilm stammen. Kaum hat Oskar die Wörter gelesen, sind sie auch schon wieder verschwunden.

Er und Clemens wechseln einen Blick. Mit dem ist alles gesagt: Heute Nacht wird jemand ins Jenseits geschickt! Das ist so sicher, wie es Geister gibt, die auf Spiegel schreiben.

Am Bärenfelsen

Oskars Armbanduhr zeigt 22:20 Uhr an. Im Schloss ist alles ruhig. Vor ein paar Minuten hat sich Luisa zu Oskar und Clemens ins Zimmer geschlichen. Eigentlich könnten sie loslegen. Eigentlich …

„Wenn wir nur wüssten, wo wir diesen Bärenfelsen finden", murmelt Oskar. Leicht macht es ihnen sein Poltergeist-Zwilling nicht.

„Der kann echt überall sein", seufzt Luisa.

„Nicht verzagen", grinst Clemens und zieht sein Handy aus der Hosentasche, „Google fragen!"

„Du bist echt übergeschnappt!", entfährt es Oskar. Auf Handy steht die Höchststrafe! Wer damit erwischt wird, für den ist die Schullandwoche gelaufen.

„Ach, Oskar …", Clemens legt den Kopf schief, „wenn man sich immer nur an Regeln hält, verpasst man sein ganzes Leben!" Dann beugt er sich über das Display und tippt fieberhaft.

„Ist voll nah, dieser Bärenfelsen", verkündet er, „15 Minuten durch den Wald hinter dem Friedhof. Immer der Nase nach. Kann man gar nicht verfehlen!"

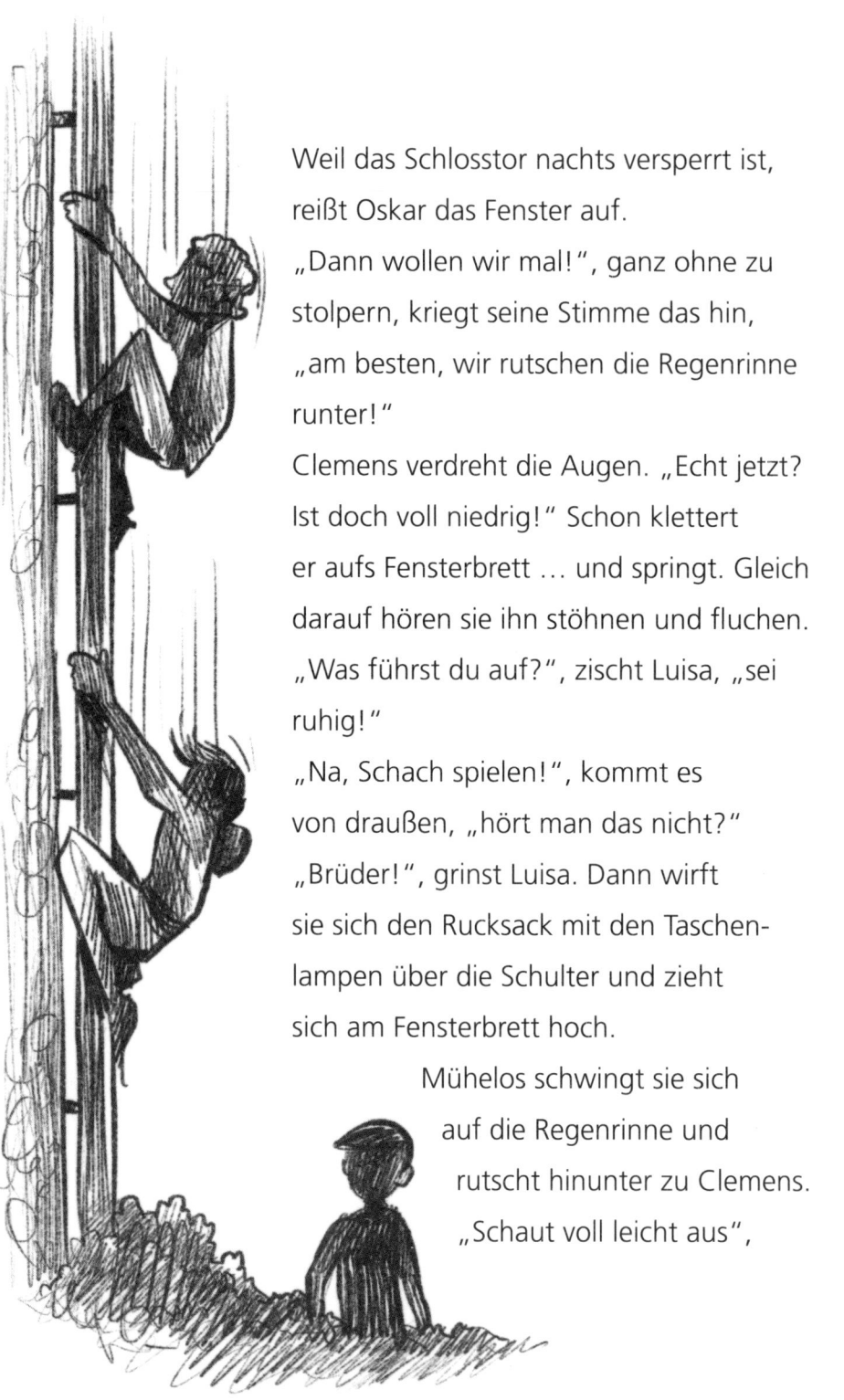

Weil das Schlosstor nachts versperrt ist,
reißt Oskar das Fenster auf.

„Dann wollen wir mal!", ganz ohne zu
stolpern, kriegt seine Stimme das hin,

„am besten, wir rutschen die Regenrinne
runter!"

Clemens verdreht die Augen. „Echt jetzt?
Ist doch voll niedrig!" Schon klettert
er aufs Fensterbrett … und springt. Gleich
darauf hören sie ihn stöhnen und fluchen.

„Was führst du auf?", zischt Luisa, „sei
ruhig!"

„Na, Schach spielen!", kommt es
von draußen, „hört man das nicht?"

„Brüder!", grinst Luisa. Dann wirft
sie sich den Rucksack mit den Taschenlampen über die Schulter und zieht
sich am Fensterbrett hoch.

Mühelos schwingt sie sich
auf die Regenrinne und
rutscht hinunter zu Clemens.
„Schaut voll leicht aus",

denkt Oskar, während
er Luisa nachschaut.
„Ich bin so was von erledigt",
schießt es ihm in den Kopf,
als er gleich darauf selbst am
Fensterbrett steht.
Aber für Angst ist keine Zeit! Also beißt
Oskar die Zähne zusammen, klammert sich am Rohr
fest und folgt seinen Freunden.

Oskar und die Zwillinge marschieren durch den Wald.
Der Mondschein kämpft sich durch die Baumkronen
und malt dunkle Schatten auf die Erde. Schaudernd
wirft Oskar einen Blick auf Clemens und Luisa. Total ent-
spannt schlendern die beiden neben ihm her. Das gibt's
doch nicht … die haben Nerven aus Kaugummi!
„Habt ihr keine Angst?", platzt es aus ihm heraus.
Luisa schaut ihn an, als hätte er ein Einhorn auf der
Schulter sitzen: „Wovor denn?"
„Na, vor Werwölfen zum Beispiel!", schreit es in Oskars
Kopf. Aus seinem Mund kommt nur: „Na … na … der
Wald … ihr wisst schon … in der Nacht und so!"

„Hm", meint Luisa nach einer Weile, „wir sind bei den Pfadfindern, da machen wir so was ständig."

„Keine Panik, wenn dir eine Fledermaus an die Gurgel will, werfen wir uns vor dich", grinst Clemens. Dann senkt er die Stimme: „Bei meiner ersten Nachtwanderung mussten sie mich zurückschleppen. Bin vor Schiss einfach umgekippt … Das bleibt aber schön unter uns!"

„Stimmt", lacht Luisa und legt Oskar die Hand auf den Arm. Die Schmetterlinge in seinem Bauch setzen sich in Bewegung. „Im Vergleich zu meinem Bruder damals, schlägst du dich gar nicht schlecht!", zwinkert Luisa ihm zu. Während die Schmetterlinge hellwach durch die Gegend

flattern, schiebt sich am Nachthimmel eine Wolke vor
den Mond.

Die Gesichter der Zwillinge verschwimmen und lösen
sich schließlich auf. Mit einem Mal ist es finster. Stockfinster! Um Oskar herum bricht Chaos aus. Der Wald
schmeißt ihm haufenweise Geräusche um die Ohren.
Ein Feuerwerk aus Knacken, Heulen, Schreien und Rö-
cheln explodiert in Oskars Kopf. Plötzlich ist da ein Keu-
chen! In schaurigen Wellen schwappt es in Oskars Ohr.
Das Werwolf-Rudel? Sein toter Zwilling? Ein Axtmörder,
der im Wald haust? Sein Herz klopft so heftig, dass es
ihm fast bei den Nasenlöchern rauskommt.

„WAS KEUCHT DA SO? WAS KEUCHT DA SO?", schreit
Oskar panisch. Da leuchtet es ihm grell in die Augen.
Schützend hält Oskar die Hände vors Gesicht.

„Mann, Oskar, das bist du selber", lacht Clemens,
„der wie ein Irrer keucht!"

Dann lässt er die Taschenlampe sinken – und Oskar
seine bebenden Hände.

„Oh!" Oskar grinst verlegen.

Luisa drückt ihm seine Taschenlampe in die Hand:
„Können wir dann langsam weiter?"

75

Die Drei sind kaum ein paar Minuten durchs Dickicht gestapft, da hören sie ein vertrautes Heulen. Mit jedem Schritt wird es lauter. Das ist garantiert kein Werwolf. Das ist Oskars unheimlicher Zwilling! Der Kerl muss ganz in der Nähe sein … Nun unterbricht der tote Oskar die Heulerei, um vor sich hinzumurmeln. Seine Worte wehen durch die kühle Nachtluft:

SCHICKSAL   VERLOREN

       WASSER   WOHL

Was will er ihnen damit sagen? Mitsamt den Wörtern stolpern die Kinder durch den Wald. So lange, bis direkt vor ihren Augen ein Felsen auftaucht …

Wie die Pranke eines Bären ragt der Fels in den Himmel empor. Im Gestein klafft eine Öffnung. Aus der spuckt ihnen der Felsen ein Wirrwarr von Geräuschen entgegen. Es wird geweint, gelacht, gerufen und geschrien. Immerzu fallen dieselben vier Worte:

SCHICKSAL   VERLOREN
       WASSER   WOHL

Die Geräusche lullen Oskar und die Zwillinge ein, halten sie gefangen – wie drei Fische in einem Netz! Und mit einem Mal ist es totenstill …

Was dann passiert, ist so verrückt, dass Oskar sicher ist, jeden Moment aufzuwachen. Doch er schläft nicht! Hellwach ist er, als er mit Clemens und Luisa gemeinsam in die Höhle gezogen wird. Mutig setzt Oskar einen Fuß vor den anderen. Mit seiner Taschenlampe leuchtet er ihnen den Weg. Aber das ist nicht er selbst, der da voranschreitet, das spürt er genau.

Es ist ein anderer, der sie führt! Oskar fröstelt.

Ein modriger Geruch steigt ihm in die Nase.

Plötzlich taucht ein Schatten auf. Mitten im Lichtkegel!

„Das ist unmöglich", schießt es Oskar durch den Kopf. Doch den Schatten scheint das nicht zu kümmern. Fröhlich pfeifend geht er ein paar Schritte voraus und nimmt nach und nach Gestalt an. Ein Bub aus Fleisch und Blut spaziert da nun im Schein der Lampe. Er steckt in dunklen Stoffhosen und einem weißen Matrosenhemd. Blonde Locken kräuseln sich im Kragen.

Mit langen Schritten marschiert der Bub voran. Immer tiefer in die Höhle hinein. Seine rechte Hand umklammert den Griff eines Jagdmessers. Oskar und die Zwillinge haben ihre Füße nicht mehr unter Kontrolle. Willenlos folgen sie dem geheimnisvollen Jungen. Plötzlich bleibt er stehen und dreht sich langsam zu ihnen um. Oskar gefriert das Blut in den Adern. Das ist sein toter Zwilling, der da nur einen Steinwurf entfernt steht! Der andere Oskar grinst und entblößt dabei die Lücke zwischen seinen Schneidezähnen. Um seinen Hals baumelt eine Kette. Er deutet ihnen, ihm zu folgen. Dann läuft er schnurstracks zu einer Felswand hinüber.

Im Schein der Taschenlampe beobachten die Kinder,
wie der tote Oskar mit seinem Messer etwas ins Gestein
ritzt. Das kratzende Geräusch geht Oskar durch Mark
und Bein. Bebend umschließen seine frierenden Finger
die Taschenlampe. Sie wird immer heißer. Ihr Licht fla-
ckert gespenstisch. Züngelnde Flammen kriechen Oskars
Arm hinauf und huschen in seinen Kopf hinein. Sein
Hirn sprüht Funken.

„So ist das also", denkt Oskar, „wenn einen der Blitz trifft."
Dann erlischt das Licht der Lampe mit einem lauten Knall …

Ruhe in Frieden

Die Kinder stehen im Finsteren. Das kratzende Geräusch der Messerklinge erfüllt die Höhle. Nach einer Weile ist es still. Kein Kratzen mehr. Nur der keuchende Atem von Oskar und den Zwillingen ist zu hören. Nun gibt auch die Taschenlampe komische Geräusche von sich. Lauter als jeder Bienenstock summt sie. Plötzlich wird es hell. Verwundert betrachtet Oskar die Lampe in seiner Hand. Sie funktioniert wieder – und heiß ist sie auch nicht mehr. Doch niemand ist im Lichtschein zu sehen. Niemand kratzt an der Felswand. Niemand weint, lacht, pfeift oder murmelt komische Wörter. Sein unheimlicher Zwilling – er ist auf und davon! Oskar, Clemens und Luisa wagen sich näher an die Felswand heran. Im weichen Kalkstein hat Oskar von Lahnstein im Jahr 1870 eine Nachricht hinterlassen. Die Wörter springen ihnen mit Anlauf ins Gesicht:

GELIEBTE ELTERN,
MEIN SCHICKSAL IST BESIEGELT.
WASSER HAT DIE GÄNGE GEFLUTET.
DIE LUFT ZUM ATHEN SCHWINDET.
ICH BIN VERLOREN.
LEBET WOHL!
EWIG,
EUER OSKAR

Oskar wird abwechselnd heiß und kalt. Was soll das bedeuten?

Und dann passiert es: Oskar fühlt sich total komisch! So wie vor ein paar Tagen in seinem Traum. Er ist nicht mehr er selbst. Was auch kein Wunder ist, wenn sich ein toter Zwilling in einem drin gemütlich macht! Wie im Film, rast der unglückselige Tag von damals durch Oskars Kopf. Ganz so, als wäre er selbst dabei gewesen. Er sieht Oskar von Lahnstein zum Bärenfelsen aufbrechen. Sanfter Sommerregen durchweicht sein Matrosenhemd. Sein Jagdmesser fest in der Hand, schlüpft Oskar

in die Höhle hinein. Er entzündet die Fackel, die er mit-
gebracht hat. Fröhlich pfeifend marschiert er durch die
engen Gänge, die in den oberen Teil des Bärenfelsens
führen. Oskar kennt die Höhle wie seine Westentasche.
Nun hat er seine Lieblingsstelle erreicht. Es duftet nach
Moos und Abenteuer! Vorsichtig steckt Oskar die Fackel
in die Halterung, die er extra an der Felswand ange-
bracht hat. In Oskars Lockenkopf sprudelt die Fantasie.
Das Messer in seiner Hand wird zum Ritterschwert, mit
dem er einen blutrünstigen Drachen herausfordert.
Oskar kämpft, bis ihm der Schweiß von den Locken
tropft. Draußen geht die Welt unter. Schwere Unwetter
ziehen vorbei und mehr und mehr Regen dringt in die
Höhle. Am Ende versperren gewaltige Wassermassen
den Ausgang. Doch davon bekommt Oskar nichts mit.
Er ist voll und ganz damit beschäftigt, einen Drachen zu
bezwingen … Irgendwann knurrt sein Magen so laut,
dass es durch die Höhle hallt. Gewiss haben die Dienst-
boten das Abendessen längst angerichtet! Oskar greift
sich seine Fackel und saust los. Doch was ist das? In den
engen Gängen der Höhle steht das Wasser bis oben
hin. Die Gewissheit trifft Oskar mit voller Wucht: Er ist

eingesperrt! Und keine Menschenseele weit und breit, um ihm zu helfen … Wimmernd lehnt sich Oskar gegen die kühle Felswand. Die Luft zum Atmen wird immer knapper. Er weiß, dass sie irgendwann ganz schwinden wird. Oskar umklammert den Griff seines Jagdmessers. Mit letzter Kraft ritzt er eine Nachricht in den weichen Kalkstein. Seine Eltern sollen erfahren, was ihm zugestoßen ist. Als Oskar fertig ist, rutscht er an der Wand hinab und lässt den Kopf erschöpft auf die Arme sinken. Dann wiegt er sich sachte hin und her. Schließlich bricht Oskar in Tränen aus und kann sich nicht und nicht beruhigen …

Die Bilder in Oskars Kopf verblassen und verschwinden schließlich ganz. Benommen beutelt er den Kopf. Neben ihm schnappen Clemens und Luisa nach Luft. Ihre Münder stehen offen, doch kein Ton wagt sich heraus. Gebannt starren sie auf den Boden. Jetzt erkennt es auch Oskar: Feiner Stoff, an dem der Zahn der Zeit genagt hat – und so manche Ratte! Von der schwarzen Hose und dem einst weißen Matrosenhemd ist nicht mehr viel übrig. Notdürftig bedeckt der Stoff das Skelett vor ihren Augen. Es liegt auf der Seite. Ganz so, als würde es nur ein Nickerchen machen. Die Fingerknochen

der rechten Hand umklammern noch immer das Jagdmesser. Oskar leuchtet dem Skelett ins Gesicht. „Endlich
hat er seinen Frieden gefunden", schießt es Oskar durch
den Kopf.

Da entdeckt er die Kette, die ihm vorhin schon aufge-
fallen ist. Der Grafensohn trägt sie nach wie vor um den
Hals. Oskar beugt sich über seinen Zwilling und greift
danach. Kühl schmiegt sich das Schmuckstück in seine
Hand.

Es ist ein Amulett, in das ein Wappen eingefasst ist:
ein Löwe, der majestätisch vor zwei gekreuzten
Schwertern thront. Ganz so wie auf dem Sattel des
Schaukelpferdes …

Als Oskar so dasteht – die Taschenlampe in der einen, das Amulett in der anderen Hand – da dämmert es ihm plötzlich: Er, Oskar Lahnstein, hockt mitten in der Nacht in einer verlassenen Höhle direkt neben einem Skelett! Oskars Magen krampft sich zusammen.

Er stößt einen lauten Schrei aus. Prompt fallen die Zwillinge mit ein. Kreischend stürzen die drei Kinder aus der Höhle und jagen durch den Wald zurück zur Pension. Dort läuten sie Sturm. Auch wenn ihnen ihr nächtlicher Ausflug vermutlich großen Ärger einbringt, was haben Frau Schmatzberg und Herr Hempel gleich am ersten Tag gesagt? Im Notfall darf man sie nachts aufwecken! Und wenn ein Skelett in einer abgelegenen Höhle kein Notfall ist, also dann weiß Oskar auch nicht …

Epilog

Oskar, Clemens und Luisa schauen dem weißen Sarg
nach, der im Erdreich versinkt. Der Grabstein steht
wieder aufrecht und erstrahlt in neuem Glanz. Ferdi
hat sich darum gekümmert. Für Ordnung im Zimmer
des jungen Grafen sorgt der Hausmeister weiterhin,
auch wenn es nun nicht mehr spukt. Vertrag ist Vertrag!
Alle sind gekommen, um Oskar von Lahnstein die letzte
Ehre zu erweisen: Frau Schmatzberg, Herr Hempel, die
Pensionswirtin, Ferdi und Isabell. Sogar ein Fernsehteam
ist live vor Ort und dreht einen Beitrag mit den Kindern.
Weil sie jetzt doch Helden sind! Hat ziemlich gut
geklappt, das mit dem Coolsein, findet Oskar.

Nach Abschluss der Ermittlungen hat man Oskar und
den Zwillingen das Jagdmesser und Amulett überlassen.
Einfach so. Geschenkt! Gemeinsam mit dem grünen
Matrosenanzug bringen die beiden Prachtstücke nun
frischen Wind ins Dorfmuseum. Das ist auch gut so,
denn der Besucherstrom will nicht abreißen. Jung und
Alt pilgern ins Museum, um mehr über das Schicksal

Oskars von Lahnstein zu erfahren. Oskar gefällt das.
So gerät sein unheimlicher Zwilling wenigstens nicht in
Vergessenheit!

DIE DUNKLEN BÜCHER

Grusel und Spannung pur!
Bist DU mutig genug?

Tessa, Lea und Vincent sind mitten in der Nacht über den Zaun des schon jahrelang geschlossenen Lunaparks geklettert. Plötzlich setzt sich ein altes Pferdekarussell von selbst in Bewegung und oben auf der Achterbahn erscheint eine Gestalt. Die drei merken, dass etwas Unheimliches nach ihnen greift ...

Spätabends läutet Peters Handy. „Unbekannt" steht auf dem Display. Eine Mädchenstimme fordert ihn auf, dringend zu den neuen Nachbarn zu kommen. Peter will Johanna, seiner Schwester, davon erzählen, aber ihr Zimmer ist leer, das Fenster steht sperrangelweit offen ...

Barbara Schinko
Die dunklen Bücher –
Jahrmarkt der Geister
Ab 9 Jahren, 96 Seiten
14,5 x 20,5 cm, Hardcover
ISBN 978-3-7074-2284-9

Hannes Hörndler
Die dunklen Bücher –
Meine unheimlichen Nachbarn
Ab 9 Jahren, 96 Seiten
14,5 x 20,5 cm, Hardcover
ISBN 978-3-7074-2296-2

Die dunklen Bücher

Grusel und Spannung pur!
Bist DU mutig genug?

Julia rinnt es kalt über den Rücken! Sie ist sich sicher, ein bleiches Gesicht hat sie aus der Almhütte angestarrt. Augusta, ihre Schwester, glaubt ihr nicht, bis sie selbst in dunkle Augenlöcher blickt …

Vampir Viktor ist auf sich allein gestellt: Seine Tante wurde von Vampirjägern schwer verletzt. Er weiß, dass er sich von Menschen fernhalten soll – doch das ist gar nicht so einfach, wenn der Magen knurrt. Umso schlimmer, dass Viktor von dem Jungen Pascal auf frischer Tat ertappt wird.

Matthias Bauer
Die dunklen Bücher –
Der Fluch des alten Bergwerks
Ab 9 Jahren, 96 Seiten
14,5 x 20,5 cm, Hardcover
ISBN 978-3-7074-2290-0

Ruth Anne Byrne
Die dunklen Bücher –
Vergiss den Vampir
Ab 9 Jahren, 96 Seiten
14,5 x 20,5 cm, Hardcover
ISBN 978-3-7074-2365-5

DIE DUNKLEN BÜCHER

Grusel und Spannung pur!
Bist DU mutig genug?

Oskar, Lena und Philipp genießen den Sommer im idyllischen Ferienlager.
Doch schon bald ereignen sich unheimliche Vorkommnisse.
Was hat es mit dem verlassenen Hotel auf der anderen Seite des Sees
auf sich? Warum ist in der Nacht ein geheimnisvolles Licht in den Wäldern
zu sehen? Woher kommt der Nebel, der plötzlich auftaucht und
verschwindet, fast wie ein lebendiges Wesen? Die drei Freunde versuchen
herauszufinden, was hinter dem „Grauen am See" steckt – und geraten
in größere Gefahr, als sie sich je vorstellen konnten …

Matthias Bauer
**Die dunklen Bücher –
Das Grauen am See**
Ab 9 Jahren, 96 Seiten
14,5 x 20,5 cm, Hardcover
ISBN 978-3-7074-2427-0

DIE DUNKLEN BÜCHER